JN060341

椅子がない

素味香

Sumika

文芸社

もくじ

――海が見たいと思ったこと――

―椅子―

――海が見たいと思ったこと――

雨

何の前ぶれもなく私の部屋に駆けこんできた　男
――どうして傘をさして迎えにこないんだよ
開口一番怒鳴る
――お袋ならバスタオル持って駆けつけるっていうのに

アパートの自室でくつろいでいた私は　突然の闖入者に目を白黒させる
知り合ったばかりのこの男
それほどのつき合いもないのにどうしてこの部屋に現れたのか？
いったい　何がおきたのだろう
彼は私にビスケットを差し出す
――俺はこんなに怒っているのにビスケットなんか持ってきて

まったく　自分で何してんのかわからないよ
吐き出すように言う

私はビスケットなんか欲しくなかったし
会いたいとも思っていなかった
まして　いつから降っているのか知らない雨に　濡れながら部屋まで押しかけてくるなんて……

なのに
どうして　彼を雨に濡らすまいなどと考えるだろう

改札

夏の休日
久しぶりに婚約者がやってきた
私は改札まで出迎える
背が低いうえに太ももがはちきれそうなズボン
短い脚
うすぐろい皮膚に長いおでこ
すくない髪
重たそうな瞼の下の　細い目がきょろきょろと私を探している
思わずそっと逃げ出したくなった時
――やあ　なんだ、ずいぶん真っ黒だなあ
遠くから　はつらつと　非難がましく
大きな声で呼びかけてきた

下駄箱

夜　婚約者から電話が入る
――おまえ　親爺と勝手に仲良くやってくれよ
乱暴で投げやりな第一声
――俺はもうだめだから
――……どうしたの
――どうしたもなにも
中村がお祝いに下駄箱を買ってくれるっていうんで
明日二人で選びに行こうとしたら
下駄箱は嫁さんが持ってくるもんだって言うんだよ　親爺が
電話の向こうから　必死に制止する両親の声が聞こえる
それを振り切って　俺はもうだめだを繰り返す
何がもうだめなのか　見当もつかない

困った私は　曖昧になだめながらも
あまりのくどさに　怒りがこみあげ
だんだん不快になってくる

パーマ

結婚した翌日から
舅と姑はパーマ　パーマと私を責めたてる
夫は癖毛で長い私の髪がお気に入りで
ショートカットが好きな私は切らずに彼に合わせていた
それなのに姑たちは
嫁さんになったらまずパーマをかけなくてはならないと思いこんでいる
とにかくしつこく美容院へ行かせる
カットしてパーマを済ませると
似合うと大いにおだてる

――なんだよ　長い髪が良かったのに
帰宅した夫は激怒する

怒りは募るばかりで収まらず
両親は勿論私も　ただおろおろとするばかり

(髪の毛ぐらいで　どっちもどっちだ
今日は朝から晩まで大袈裟に騒ぎ立てられっぱなしで
収まらないのはこちらのほうだ)

演劇

風間杜夫がすごいというので
私はその日を楽しみにしていた
開演のブザーが鳴って
少し遅れてしまった私と夫
暗くなりはじめた客席で　あわてて席を探していると
迷惑そうな咳払い
かがみながら進んでいた夫は　はじけたようにその人を睨み
――もういい　行こう
私の腕をつかんでぐいぐい外へ連れ出す
遅れて入った私たちの方が迷惑をかけているというのに　大変なご立腹
（あれほど楽しみにしていたのに……）
私は紀伊國屋ホールを恨めしく後にした

（この人と演劇は楽しめない）

失敗

参加者の何台ものカメラで撮られた　私たちの結婚披露宴のスナップ写真
膨大な枚数になってしまった
緊張していた当日に　初めて目にしただけの　ろくに顔も知らない親戚の人たちの姿
頼まれて整理し　ようやく親戚に配る準備ができた
舅はそれを見て　足りないと怒る
たとえ顔が半分欠けていても　重複した全く同じ写真でも
写っている物はすべてプリントして本人に送りたかったようだ
つまり　手間隙《てまひま》かけて整理する必要などなかったわけだ
そういう細かいことは一切言わずに
ただ〝オモシロクない〟を表明する舅
横からすかさず夫が口をはさむ
――失敗したなあ　俺がやれば良かったなあ……

舅の顔が急に輝く
わが意を得たりというところ
舅は手術で声帯を摘出していて　声が出せない
そうだ、そうだと荒い息で応える
――失敗したなあ……
失敗したなあ　のり子にまかせて……
いかにも悔やまれてならないという大袈裟なそぶりを繰り返すたびに
舅は満面の笑みになってゆく

失敗も何も……
夫がそんな面倒な作業に手をつけることは金輪際なく
やる気もないくせに　私の苦労には微塵の敬意も払わず
ひたすら父親のご機嫌とりに熱中して
いつまでもこの茶番を切り上げようとしない

――そんなに失敗したと思うんなら　最初から自分でやればいいでしょ！

父親の喜ぶ様子だけに熱中していた夫は
きょとんとして私を振り返る

朝（魔物）

未明
病室の私の仕切りカーテンの中へすうっと入ってきて
馬乗りになるもの
突然のことで声も出ず　目も開けられない
もがき苦しむが　指の一本も動かせなくて……
――誰？
かろうじて出すことができた　かすれ声
とたんに目が開き　胸は軽くなる
あたりに物音ひとつなく
微動だにしないカーテン
早朝の肌寒き気配だけがたちこめている
私の心臓は早鐘のように激しく打ちだした

将来

──のり子は大きくなったら何になる？
──うーん　役者かあ　アナウンサー
──役者はあんま良くねえなあ　アナウンサーだけば良いこて
──そうせば　アナウンサー
父はずっと私がアナウンサーになると思っていた
年頃になって　煩わしさから　彼を疎ましく思いはじめていても

思春期の口ごたえ
反感
やぶれかぶれの口論
ぼろぼろになって泣いた日々

反対されても役者修行
反対されても途中で結婚
今じゃ役者もアナウンサーも無縁の
ただの主婦
おかげで　母親にだけはなれました

――結婚がいちばん難しいんだよ
いつか忠告してくれた先輩
忠告通り役者は諦めたけれど
それでもやっぱり　結婚は難しい

失望

長男を実家で出産した
東京から駆けつけた夫は
濡れたように黒い皮のロングコートに身を包んでいた
――どうだ　いいだろう
――え　ええ……どうしたの？
――買ったんだ、月賦で　おふくろも良いって言ってた
――……いくらするの？
――十万
得意げに笑う
――お前にも良いお土産がある　ほら
純白のウサギの毛の帽子
顎の下にかけて耳元をボタンで留めるようになっている

ロシアの首相夫人ででもあったなら被れるだろう
素晴らしい毛皮のコートと共に
——被ってごらん　俺だけじゃ悪いと思ってさ
　どうだ　いいだろう
——………
こうして　いつも　すれ違ってゆく

本当は

――本当はお袋は裁縫をする嫁《ひと》がよかったんだよ
嫁さんと一緒に着物を縫うのが夢だったんだ
――あ　そう
――本当はお袋は……
何十回言っても言い足りないらしく　悪意もなく繰り返す
――本当はお袋は……
――あ　そう　じゃあ　悪かったわねえ
そういう人と一緒になれば良かったのに
――いや　そういう意味じゃないんだよ
ただ　本当はお袋は……

――本当は私　女の孫《こ》が良かったねえ

――ああ　そうでしたか
わが家には立派で申し分のない男の孫が二人もいる
――本当は私……
悪意を微塵も見せずに言いたい放題
なんなのよ　この親子

浜焼き

串に刺したままで食べるのがうまい
――穴子が絶品

褒めちぎって自慢してくれるのはうれしいのだが
妻の実家だというのに　たまたまの帰省に勝手にお客を泊まらせたうえ
さて　夕食に出してくれと言われても
穴子は何ヶ月も前から注文しておかなくては手に入らない
それでもと思って　黄昏に探し歩くがやっぱり無駄
夫の癇癪がわかるので　夕食の支度も放り出して必死だ
穴子が欲しいのではない
癇癪をおこして　何もかも台無しにしてもらいたくないのだ
訳のわからない両親は 私の剣幕にあきれ果てる

とうとう買えずに戻って　夫にこっぴどく叱られた
帰省が終わって　もう何ヶ月もたっているのに
いまだにくどくどと怒りつづけている

味は天下の浜焼きだけど
私には苦くて悲しい浜焼きとなった

歳月

——俺はもう　お前の親爺さんよりも長くお前と一緒にいるんだぞ

いきなり言われて愕然とする
夫の自慢げな表情
私の胸に強い反感が広がる
まず　日々の不本意が頭に浮かび
次に　幼い頃の父との優しい思い出がよみがえった

あの頃　私は父の宝物で
父は私の王子様だった
同列に並べることなど不可能
同じレベルだと本気で思っているのだろうか

愛してる？　と気楽に返事を求める夫の愛と

夫 Ⅰ

髪を短くした私に
「わざと逆らって切った」
と激怒する
それだけでは言い足りないので
「女は四十を過ぎると　女を捨ててしまうからなあ」
とつけ加える

これが私の夫だ

日々のうた

北風はもぎ取ろうとや店の旗　吹き飛ばされぬ強き意志もて

どっちみち黙っていては判らない　口を開けばまた争いに

夢みるな　みるなみるなと厚き雲

挨拶は皮肉と小言で上機嫌

我慢する胸の痛みは増すばかり　休んでしまえば不平の礫《つぶて》

給料を作り終えれば空財布

ぷっつんと切れたる凧《たこ》の糸のよう　なぜ一言がそれほど憎い

満足かそれとも忘れたふりしてか　すました顔の腹ははかれず

事毎に慣れたつもりの自信さえ　根こそぎ揺るがす　厚顔の言

本性を隠したつもり　厚化粧

大袈裟な言葉欲しがるその人に　偽ってまで言えぬ狭さよ

それじゃまあ　まるで私が言ったみたい　そうよあんたが言ったじゃないの

さまでして良き人でいたい浅ましさ

思いやり欲しい心が毒を吐く

一人ではできない店と雇いしが

海に棲むヒトデ売る人　買う男　気味が悪いと返さす女

恐ろしき気配感じて目覚めれば　スーッと消えて静かなる闇

胸破る馬鹿な夢みて目覚めれば　怒りの胸に　恐怖の太鼓

希望

希望の歌を唱わばや
熱き心を詠おうぞ
怒りと絶望からは何も生まれない
では　忍耐と不動からは？

ころげ廻ろ　ころげ廻ろ　火まみれになって
行き着く先で焦げた肉体残すため

どうすればいいのだ
茨の壁に手も足も出せず　頭はしだいに麻痺するばかり
（私がいったい何をしたというのか……）

嘘つき　インチキ　大袈裟やろうが
よってたかって囃したてる
おもしろかろうぞこの火踊りは
正直者の大馬鹿ショー
終わりは誰にもわからない

歌わばや　希望の歌を
詠おうぞ　熱き心を

入院

慣れ親しんだ物はすべて古ぼけて見えるので
新しく買った物たちに囲まれて　姑は入院する
もっと良い物を
もっと新しい物を
姑は物ばかりに目を盗られている

門灯

――何だよ　他人《ひと》のことばっか言って！
玄関から家の中に入りざまに　夫が叫ぶ
家の中に一人でいた姑が取り乱す
――自分だって　点《つ》けてねえじゃねえか
あんなに言ってたくせに
〃わたしゃ　だいっきらい　門灯も点けないで真っ暗な家にいるのは〃って
動転した姑は　いつもの流暢な言葉を一つも発せられない
(そうだったのか)
後ろから遅れて家に上がった私は
その時初めて知った
夕闇は　突然やってくる

西瓜

――あ　それから　西瓜も買っておくといいよ　あれが好きだから
と姑
夏の間じゅう　西瓜　西瓜だ……
――じゃ　後で　今　ちょうどないから
と私
すると姑は夫にいいつける
――あたしゃ　金がなくて西瓜が買えないって言われたよ
夫は私に苦情を言う
――お袋にあんまり言うなよ　ないないって
金がなければ買うことはできない
それを〝後で〟と言っただけだ

道理の通らない話である
その道理は夫にも通じない
西瓜は夫だけでなく　実は姑も食べたかったのか……

電話

自宅の電話をつけ替えることになった
――お前に任すよ　でも　子機だけは付けてくれないかな
できるだけ安く抑えたいのに　甘えるようにせびる夫
――線はできる限り長くして　それからここの場所にも……
姑も相変わらず注文が多い
結局　早い話が命令だ
お二人のご注文通りにプランは決めた
さて　契約は職場まで来てもらってすることになった
その日　その場にいた夫に
押印前に契約書を見せようとすると
――だ・か・ら・お前に任せるって言ってんだろ！
突然の絶叫

セールスマンが緊張する
従業員も仕事を止めて立ちつくす
何が始まったのか　誰にも理解ができない
夫は更に怒鳴り続ける
恥ずかしさと怒りで　私はくらくらとする

嘘

私は嘘つきだね
もう何もかも嫌になっているのに
なんとかしなくちゃと　まだあくせくしている
何もかも放り出したいのに
なんとかなるのではと　いじくり回すのをやめない
もう　うんざりなのに
自分の非を認めるふりなんかする
息子の幼いエゴで涙を流すものがいる
なのに　息子を愛さずにはいられない
黄昏時には　あの大きなエゴの渦巻く巣窟に戻り
あそこでは　夫も幼い子供にかえって　老母に甘えて喧嘩を始める

絶え間なき愚痴・繰言・強迫……
その一つ一つに強い反感を抱きながら
じっと耐えなければならない

——あれはどうするの　これは？　食事は……
喧しい姑の声
（勝手にやってよ
聞いても聞かなくても
結局いつも好きなようにやっているじゃないの）
そう　何もする気はないさ
がみがみ言い立てられた瞬間から
私一人では何もできないと決め付けられて
（だ・か・ら・
せめて　そのテレビ
馬鹿でかい音でがなりたてているテレビだけでも
消してくれないかなあ………）

浪費

あれも　これも　何もかも
思いつくまま　手当たり次第に
手に入れるまではしつこく粘って
手にした瞬間だけの有頂天
それも束の間　またぞろ周囲を脅かす
こうしてうかうかと月日を重ねて
今日は　ごろんと寝転んで読書をなさっていらっしゃる
ふとその目を上げて言うことにゃ
――浪費はいかん

ねえ君
浪費は二十年も三十年も　もっとずっと前から

いかん　かったんだよ

戸棚

――どうして　戸棚の戸を閉めないんだい　みんな埃だらけだよ
私はいちいち洗って使わないから……
姑の台詞
十年前から変わっていない
――汚れたまま洗っていない皿が重なっていたり　水気がよくふき取れていないままだったり
して　黴が生えるから……
十年間変わらない私の返事
十年間の姑の不満

歳の瀬　自営業の経営者でありながら経営をしない夫に代わって
年末年始の金のやりくりに　一人　頭を悩ませていた私
毎年の繰り返しごとではありながら　毎回瀕して窮して余裕を失っていく

ようやく店の大掃除も終えて　さて今度はわが家の大掃除にと余念がない時
それでも美容院へ行けとうるさく姑が言うので　急いで出かけて戻ってきた
さっそく大掃除の続きにかかろうとすると
――お前は戸棚を閉めないのか！
いきなりの夫の雷
――だって黴がはえるから……
――そんな話聞いたことがない　田舎のお袋さんに聞いてみろ
いきりたった夫に何を言っても火に油

姑は戸棚を洗剤でびちょびちょにして　きれいになったと自慢げに戸を閉める
私は後でこっそり拭きなおして　ほんの少しだけ戸棚をあけておく
目が悪い姑には　黴が生えたと教えても信じてもらえない
彼女の見ていない時に　私は戸棚の外にまで広がってきた黴をきれいに掃除している
姑の話だけを鵜呑みにして　どんどん激昂して手のつけようがない夫
〃あんたの考えなくちゃならないことは店のやりくりでしょうが〃と思っているから

こっちだって内心は煮えくり返っている
楽しく正月を過ごすことしか頭にない人に　刃《やいば》を向ければ切り殺されかねない
愁嘆場は嫌だから
突然黙って　実家に帰省した
金もないというのに……

悲しい実家での正月
こんな話　誰にも言えない
信じてもらえない

——お前はいいなあ　逃げればいいんだから
俺には逃げるとこなんかないもんなあ

以来　十年間　言われっぱなし
これが　喉元まで刃を突きつけられていても　それを見ようとしない夫の台詞
ゆったり　ごろんと寝転んで　嫌味を言っては　ほくそ笑んでいる

もし　天啓を受けた彼が　すべてを解決しようと決心でもしたら
それこそほんとに　一家総出で破滅の道へ飛び込むことに……
わかっているから刺激はできない

戸棚も　我が家も　お店の経営も
逃げるとこなんか　ありはしないのだ

船頭

サンダル

プレハブの物置兼ロッカー室に　新しいサンダルを置いておいた
――○○さんがね、品のないサンダルだって言ってたよ
と姑
姑も○○さんも別のパートの△△さんのサンダルだと思い込んだようだ
――でもお母さんはいつもきれいに身支度をしていておしゃれだね　偉いねって言ってくれるの
　そうかしら　あはははは……

私の大きな足に合うサンダルなどめったにない
だからサイズさえ合えば　デザインは二の次にして　とりあえず買っておくことにしていた
そんなわけで　けなされても傷つく必要などないのだが
あんまりにも得意満面であけすけな姑の笑い声に　げんなりとする

豚肉

豚ばら肉を「少量ずつ小分けにして袋に入れて」と私
「でも、ほら、袋に入れなくてもこうしておけばすぐに取れるから大丈夫」とパートさん
自宅に持ち帰りたい私は「いいから袋に入れて」と押し問答になってしまう
「誰が別々に袋に入れろと言った　俺はそんなことは言ったことねえぞ」と夫の雷
夜　帰宅してからも
「だめだよ　向こうだって主婦なんだから　恥をかかしちゃ」と決め付ける
恥をかかされたのは　どっち？

米

——だ　か　ら　勝手に持っていかれちゃ困るのよ
この台詞　あと何べん繰り返したら気が済むのだろう
炊く米がなくては商売にならない　その通り
昨夕　夫の許可を得て米を自宅へ持ち帰った
それが許せないと言うのだ
今朝　夫はあわてて米屋へ走っていった
残された調理場で
断りもなく勝手なことをしたと　エンドレスの雷をおとし続けるパート
夫が米を持って現れるまで　近所に聞こえる声で怒鳴り続けるつもりらしい

優良社員

早く来る　とにかく　時間よりもうんと早く
それから　ゆっくりと茶を飲む
おもむろに周りを見渡し
「あれもしてない　これもしてない　私は何をしたらいいの！」
高飛車に怒鳴りだす

仕事をしながら世間話を始める
次第に夢中になって……ひとしきり終わると
「私は何をすればいいの！」
また怒鳴る

「こんなに早く来ているのにお茶を飲む時間もない　ちょっとお菓子を食べる時間もない」

他の人がやった仕事にやたらと文句をつける
他の人が調理した鍋の中身をことごとくつつき回す
あちらこちらと駆けずり回り　あれを持っては放し　これを放してはまた持つ
結局何もしない
電話が鳴ると　怒鳴って知らせて　近くにいても自分は出ない
やたらと他の人に指示ばかりする
誰かが叱られたり失敗したりすると露骨にせせら笑い
そのくせ自らが馬鹿にでもされようものなら
たとえ失敗を犯していてさえ　興奮してくってかかって　許さない
何もかも情熱的すぎて　誰もかれもがくたびれ果てる

ところが　した手に出て持ち上げられるとめっぽう弱い
早出　残業　何のその
姑はとにかくその手でゆけと　夫にハッパをかける

ちやほやおだてて　感謝　感謝を言い続け

共に他人の噂話で盛り上がって
まあいい調子とたかをくくっていると
一転　癇癪もち同士の夫とその人は激しくせめぎあう
あげくはおおらかに罵り合って
調理場は二人のための修羅場と化す

丁々発止のやりとりを　周りははらはらしながらも　見て見ぬふり

どっちがうわ手か知らないけれど

あの人のお陰でここまでこられたと
喧嘩相手の夫は　感謝　感謝の毎日だ

船頭

――ここには船頭が二人もいるからなあ
私がものを言うたびに　皮肉屋の夫はすかさず切り返す
自身が店主なのだから　好きなようにやればいいのである
ところが　神様ではないので間違ったり　勘違いをしたりもする
忘れたり　ささいなことでやる気を失くしたり　多忙なだけでパニクったりで
あげくの果てには　勝手にしろと癇癪を起こしてすべてを放り出す

思い通りにゆかないから

何事もすべて思い通りを通すつもりなら
その　思いを具体的に皆に示さなければならない
皆に思いを理解してもらったところで

ころころと方針を変えてしまうので
そんな正体不明の思いは　実体が失くなって
やっぱり彼の思い通りにはゆかなくなる
それでも本人が思い通りにこだわるのなら
それなりの入念な下準備と筋道が必要になる
ところが
綿密な準備はすべて後回しにして
早く職場を後にしようと焦って帰る夫の毎日
当然次の朝にはパニックを起こす
彼は皆に　自らが仕事を放棄するふりをして　軌道修正をはかるのではなく
本当に放棄してしまうのだ
何もかも
お昼までに間に合わせるというプレッシャーに耐えかねて……
癇癪を起こして　一度爆発して重圧を払いのけ　気分転換でもしているつもりらしいが
彼の指示通りに従うだけの者には　混乱しか与えない
そうでなくても　姑さんは従業員に混乱状態の時でさえ　そのまま彼の指示に従えと教育をし

ている
仕方なく　私が中断のフリーズを収拾するために動き始めると
職場放棄をしていたはずの夫が　すかさず意地悪く妨害をする
わざと仕事を前に進めさせないのだ
ある時　パートの一人が「船頭が二人いると舟が沈む」と夫にささやいた
それからというもの
それを逆手にとって
毎日　繰り返し　普通の何気ない会話にさえ得意げにそう言って毒づいてくる
愚かさもここまでくると
店にはもう船頭が一人もいなくなる

給料

夜　今月のパートの給料計算を終えて
隣の部屋でくつろいでいる夫に報告をすると
――それって俺のせい？
布団の中から振り返って醜く笑う
言わなきゃよかったと戸を閉める
いつか夫が店で癇癪を起こした時に　私が彼に言った台詞を　お返ししてやったとドア越しの
　声
夫は当てにはできない
さあ　どうしよう
良い考えなどあるはずもなく
私も片付けて布団に入ることにする

――それだけの仕事をしたんだから　増えてるの当たり前だろう
部屋に入るなり　待ち構えていたとばかりに畳み掛けてくる夫
――売上はどうなんだよ　給料だけじゃなく売上も伸びてんだろう
　これから寝ようって時になんでそんなこと言い出すんだ　眠れなくなっちゃったよ
　ひどいなあ
うっかり夫に火をつけてしまった
――どうすんだよ　よお　どうするつもりなんだよ
　全くマイナス思考なんだから　究極のマイナス思考
（え？　どっちが？）
――カードは？　カード　じゃ　明日　俺が借りてくらあ
　冗談じゃねえ　仕事なんかやってらんねえよお
　せっかく寝ようと思ったのに　これじゃ眠れねえじゃないか
　なんで今なんだよ　明日店で言えねえのかよ
　まったく　他人《ひと》のことは考えねえんだから　ひどいなあ
布団から跳ね起きて仁王立ちになってしまった
（怖くて手がつけられない）

私は布団を被る
――なにい　自分だけ寝るつもりかよお
よお　どうするんだよお
どうするつもりなんだ　言えよ
汚ねえなあ　いつもこれだ
じゃ　仕入れ落とすか
全く　仕事なんかやってらんねえ
　金策だ
狂人のように吠えまくる
電灯をぱちぱち切ったり入れたり繰り返したかと思うと
布団を上下そっくりひっくり返し
罵ること限りない
いつもこうだ

恐怖と　憤りと　後悔と　嘲り　蔑み……

夫はすでに三時間ほど仮眠しているのだが
深夜　もうくたくたの私には耐えられない
パニックの彼にこれ以上の興奮は与えられず
何を言われても下手な返事はしない
役に立たずに疫病神になるだけの男
何者の声にも耳を貸さないで
一人であがき苦しんで発散するだけの
悪魔

物置

プレハブの物置を建てて　従業員のロッカーを入れた
使い続けるうちにいっぱいになって
それでも構わず　わずかの隙間をみつけては物を投げ入れるものだから
とうとう　ようやく足を置くほどになってしまった
軽い物は重い物の下につぶされたまま重ねられていて
直そうと手を入れると　雪崩のように崩れだす

ある休日に　意を決して　整理にかかる
片付けているのか散らかしているのか　ほとんど判らない
工面してようやく購入した高級な弁当箱も　出番がなければぞんざいに置かれて
整理を始める傍から　音をたてて転がってゆく
脈絡もなくただ詰め込まれているだけの戸棚

その中の物も引っ張り出す
大粒の汗が床にぽたぽたと落ちる
埃で鼻水が止まらない
水を飲んでからは　やたらとトイレが近くなる
昼はとうに過ぎ　空っぽの胃がきりきりと痛む

ようやく　つぶれた籠とその中にあった粉々の蛍光灯にたどり着く
尖った破片はビニールのでこぼこした床板に挟まって
はいてもふいても取りきれない
急場しのぎに作った配膳台も　ろくに使わずに押し込んである
必要な物もめったに使わぬ物も　ずさんに積み重ねられて
必要になると物置に駆け込み　強引に力まかせに引きずり出される
用が済むと雪崩を起こしたままの物の上にまた載せられる
蛍光灯は配膳台の直撃を受けていた

ああ　そうなのだ　なにもかも

あの時も……

「大丈夫だから」と
車の運転席の横の窓ガラスのわずかな隙間に無理やり指を突っ込まされた
「まだ大丈夫」と言われ続けて手を差し込むうちに
ガラスが砕けて手に激痛が走った
それでもまだ「あれ　変だなあ」と他人事のようにつぶやいて笑っていた夫
あの時と　まるで変わっていない

頭の中はこの物置
思いつくまま放り込むだけで　片付けもせず　片付けさせもせず
整理しないまま使用不能になっていても　まだ物置があると嘯いて　悠然としている

わかっているのに
愚かだと思っているのに
放りっぱなしで泣く私

変わらなければ
賢くならねば
悲劇は　もう目の前　直前に……

弱い

「俺は弱い」　と夫が言う
独り言のように言ってはいるが
そうではない
「弱いからすぐ仕事が嫌になってやりたくなくなる
それでつい　ごちゃごちゃ言い出して云々……
本当に疲れてしまうんだ」
そう言うなりピタリと動かない
「俺はばたばた全力でやるから疲れきっちゃうんだ
それで　もうだめだと思ったら体が動かない
きっと俺は心が弱いんだ」
日頃に似ず　ずいぶん殊勝な弱音を吐いたものだと耳を疑うが
そうではない

甘えに近い　言い訳をしているのだ

そして　それから……
反撃開始
彼の思い通りに　ばたばたしない私を　猛烈に叱る
やり方が
時間が
後始末が……
途切れることのない小言

自分はくたびれたと言ってまるで動かずに
休むことなく働き続けている私を叱る
この発想
理解ができない
頭の中がどうかなってしまったのかと
全く　疑ってしまう

消費税

——ねえ　消費税もらおうよ
——反対だね
——じゃ　どうしようか？
ここで夫は豹変する
——今まで　お前の言う通りにしてやってきたら　このざまだ
——俺の言うことを聞かないから　こうなるんだ
？？？？
次から次へと猛烈にまくしたてたあげく
激昂して正気を失う
いつものことながら　この人とまともな話はできない
今までだって　ご機嫌を伺いながら　言われるままにやってきた

私だって　提案ぐらいはしたが　決めるのはいつも彼
だから　勝手なことなどしてはいない
それなのに　何もかも私になすりつけて
私を責めて
私のすべてを否定して
自己主張のつもりの自己肯定に始終して……
それで？
それでどうするのさ
これから？

ローン

「営業に新車が必要だ」と夫
「中古車で充分だ」と妻
なければなしで済ませてほしいくらいだ
洗濯をしている風呂場にまで来てまとわりつく
「ないものはない」
「ビジネスローンがあるじゃないか」
「あれは　すぐに穴埋めができなければ使えないはず」

妻が帰省して不在の時に　一人で勝手に契約してしまったビジネスローン
普段の融資は　指図だけですべてを妻にやらせて
自らは決して面倒な手続きをしないというのにだ

昨日は終日　子供を撮るビデオを買えとうるさく言っていた
先日は　友人を雇う支度金にと　無理やりそこから三十万支払わされた
が　その人は数ヶ月で辞めていった
それから　それから…………
そんな調子で　五百万のローン枠があっと言う間にいっぱいになった
とうとう子供の学費まで払えなくなり
後は毎月の利子に追われるだけ
元金は永久に減らない
さあ　どうする
いったい　どうやって返すのさ！

椅子

トイレットペーパー

店の中はいつもてんやわんや
まるでひっくり返したおもちゃ箱
一度に言いつけられるいくつもの用事
直後にその訂正
（訂正があるのは予測済みなのだが
　それでも　とりあえず指図通りに動いていないと　大目玉を食らう）
配達の出発直前の進路変更　それも二度三度
（変更するくらいなら　最初からもっとよく考えろよ　毎日のことなのに）
全員が無意味な右往左往の連続だ
立て続けに鳴る注文の電話
メモも追いつかず　トイレにも行けない
ぎりぎりになって慌てて駆け込むのだが

その間に電話でもあろうものなら
トイレから戻ったとたんに一喝される
（自分で電話に出ればそれで済むのに）
今日はパートがいないのでいつにも増して気が抜けない
姑は何時でもマイペースで電話にも決して出ない
ゆっくりとトイレから出てくると
――またトイレットペーパーがなくなっているんだよ
　いつも私が取り替えてるんだけど　みんな　どうやっているんだろうねえ
いつもの小言
他のみんなは　目の前の棚の上から取れるので　問題を感じていない
しかし　彼女に敬意を払い
わざわざ「替えといたよ」と親切そうに言われるたびに　礼を言っている
本日は夫が両腕を組んで
――うーん、そうか……
　それじゃあ　今度からのり子さんにやってもらおうか
　のり子さんいいね　トイレットペーパーがなくなったら　必ず取り替えておいてよ

偉そうに言って　姑と二人でにっこりと笑う
してやったりというところ

あれほど我慢して
トイレに行くたびに　またかと　文句を言われ
電話鳴るなよと念じながら用を足して　大慌てで飛び出してくるというのに
理不尽な　不条理な……
まるで　用意されたシナリオを読んでいるかのような　二人のこのやりとり

頭の中でプチンと音がした
私は車に乗って黙って発進する
悔しさと悲しさで　息ができない
泣けて　泣けて　仕方がない
どうしてこんなに腹がたつのだろう
どうしてこんなにも馬鹿にされるのだろう
どこか遠くへ行ってしまいたい

近くの公園で
五分もしないうちに店のことが気にかかりだす
黙って飛び出してきて　二人ともさぞ面食らっているだろう
仕事はどうなっているのかな
お昼の配達を待っているお客さんがいる

嫌々な重い心を引きずって店へ戻ってゆくと
二人はぽかんとしたまま　理解不能という眼で見返してきた

メニュー配布

休日に　いつものようにメニュー配りをして　くたびれ果てて戻ってくると
珍しく夫が家から飛び出してくる
（休日は早朝から夕方まで出かけていて　昼に家にいることなどなかったのに……）
――どうしたんだよ　すぐに帰ってくると言ったくせに
何かあったのか？　事故か？
家の前の道路でわざと大袈裟にわめきたてる
――腹が減ってしょうがないよ
何も食べる物がなくて　お袋に待ってもらっていたんだ
お前　腹が空かないのか？
パンは？　お袋にやるパンは？
まさか食べたんじゃないだろうな？
軒先で聞こえよがしの嫌味が止まらない

聞いて下さいと言わんばかりだ
でたらめも呆れるほど

家族は一人として空腹を我慢したことはない
お袋様は　食事時間でなくても　食べさせてしまう人だ

店の売上は　日替わりのメニューを決めて配ることから始まる
夫のメニュー書きが遅れて　配れないことがすっかり常態化し
そうなるとその日の注文さえも入らない
メニューのマンネリもいいところまできていた
最初こそ　夫が追われながらも遅れがちに　毎週のメニューを決めていた
私が清書をしてからコピーをして配っていたが
月曜の朝になってもメニューができていなくて
従業員にまで呆れられる始末だった
仕方なく　私が考えて一月分を作って　夫の許可を得るやり方にしてもらった
決まったらプリントして　とにかく配る

私の仕事量はすさまじく　深夜　休日
すべてを使ってこなしている
売上を上げるために全力を尽くす
今となっては　生き残るための
自分にできる最後の道だ
そうやって自分を追い込んでいないと
不安に打ちのめされてしまう
帰宅が遅くなって　心配をかけて悪かったとは思ったが
それよりも
何もかも放棄して遊び呆けていながら
よくもまあ……

心が硬直して　疲れがどっと噴き出した

一万円

競馬の帰りに飲みに行ったら　一万円
ゴルフに行っても　一万円
医者に二回で　一万円
競馬は二回も続けて　一万円
ウィークデーのパチンコ三回　一万円
牛肉食べたい　一万円
やたらと高いシャンプー・リンス・水・塩・養毛剤……　一万円
子供のガソリン二回　一万円　出勤三回　一万円
お札が毎日飛びかっている
店頭に　集客のための写真メニューを思い切って一万円で作ったら
くらった　くらった
大目玉

仕事

朝　冷凍庫からその日に調理する海老と秋刀魚を出して水道水で解凍していると
市場からの買い物を終えてようやく出勤してきた夫が怒る
――なんだよ、せっかく秋刀魚を買ってきたのに、わざわざ小分けして冷凍しておいたのを使
って
(秋刀魚を買ってくるなんて聞いていない)
(こんなに遅く買ってきても間に合わない)
――ごめんなさい　しまいます
――そこまでしたんならしまわなくていい
さあ　それからが小言の始まり始まり
――俺の言うことを聞かない
米も研がず　お湯も沸かさず
解かさないでいいと言ってるものを　わざと反抗して解かして……

邪魔ばっかりしている
(反抗とは　呆れて　情けない)
(いつものことながら　パニックっていないでもっと手順よく準備しておいてよ)
――私は何をすればいいの？
横からパートが口を挟む
――知らねえよ　のり子さんに聞けよ
海老と秋刀魚はのり子さんがやるからほっときゃいいし……
私は黙って仕事を続ける
夫とパートがそれぞれに「黙っていられては何をしていいかわからない」と私に詰めよるが
仕事の指示は夫だけがしている
いつものこととやり過ごすつもりでいたのに　急に腹が立ってきた
――私はわざと反抗なんかしていない
こういうつもりだったと言い始めると、
――大声出して近所にみっともない
と夫
(じゃ、さっきまでの彼の怒鳴り散らしは？)

二人がそろって「黙り込んで卑怯だ」となじるから　口を開けば
怒鳴っているわけでもないのにこのありさまだ

いつもいつもの水掛け論

こうなることは百も承知だったのに　つい反論してしまった
――こうしていつも大声を出されるから　俺は反論できずに黙ってしまう
のり子さんとは話し合いにならないよ
(話し合いに来ているのではない　仕事に来ているのだ)
(最初から話し合うつもりがあればこんな風になるはずがない)
いつもは相手にしないのに
今日ばかりは言ってやる
案の定　夫は逆上する
――ごめんなさいとなぜ言えぬ
素直にごめんなさいと言えばいいのに
俺が口下手だからって言いたい放題を言って……くやしい……

彼の逆上は夜まで続いて
明くる日も　次の日も　そのまた次の日も……
揉めるほどのことは何もなかった
上手にすんなり運ぶことばかり
〝それはあんたの仕事でしょうが？〟と言いでもしたら
今度こそ
（その先ははっきりしすぎて　想像したくもない）

罵声

――馬鹿やろう　何やってんだよう！

朝の喧騒を縫って　一際鋭い罵声
（おや）
長男の悲鳴のようでもあり
私の心の声のようでもある
勝手に仕事を投げ出して外へ見に走った者が戻ってくる
――女の人だった
知らない人
もう行ってしまった
――家の近所にもいるんだ　ああいうちょっとおかしい人
やっぱりああやって　怒鳴りながら歩いていくの

――おっかないねえ
別のパートたちもそれぞれに言う

（ああして口に出してしまえば終わりなんだ……）
人は本当に　何のきっかけもなく　自ら吠えるものなのか？
何かのしつこい抑圧から逃げられなくなっただけではないのか？
上手にガス抜きをして平静を保っている人が正常で
我慢し続けたあげく　爆発した人がおかしい人
じゃ　ほとんどの人がおかしい人だ

私には悲しい悲鳴にしか聞こえなかった　あの声
心の奥底に入り込んで　沈み　溜まる
震える　あの音

鍋

野菜餡《あん》を作ろうとして鍋に迷う
昨日夫に言われた鍋では　明らかに小さすぎる
勇気を出してもう一サイズ上のにしたが　それでもやっぱりあふれてしまう
――なぜ大きな鍋を使わないんだ
案の定　夫の叱責
――……叱られるから
――俺が鍋で叱ったことあるか？　いつも大きいのを使えと言っているのに……
また本気で怒るスイッチが入った
指示さえなかったら　迷わず大鍋にした
無駄にならぬように　足りなくならないように
大目玉を食らわぬように　十分注意して量を決めた
いつもビクビク　はらはら　迷いながら叱られぬ用心ばかり

それなのに　やっぱりいつも叱られてしまう
――わざと俺を怒らせて不愉快にさせている
不愉快にさせたのだから　永遠と小言を言われて当たり前だ　と言わんばかりだ

雇い人にはへらへらとご機嫌をとって笑わせている
かと思えば　遅い　遅いと鬼のように怒る
毎日ろくに休憩もせずに働き続ける妻には悪魔の叱責
（そう言えば　昔「奥さんには優しいんだから」とパートが陰口を利いていると
姑がしつこく言い立てていたっけ……
まさか　真に受けて……考えるのも阿呆らしい）
次の日の仕事の準備はおろか　後片付けさえろくにしないで先に帰ってしまう夫
明日のことも考えられないくせに
その場その場の思いつきを優先させて　他者に口を挟ませない
こつこつとした努力ができないくせに　プライドだけが高い
私の地道な努力の成果を横取りして　平気で自分がやったと吹聴する
自分が毎日ご機嫌で過ごせることだけを死守しようと躍起だ

常に傍にいる母親がまた　彼のご機嫌取りを欠かさない
パートたちにまでご機嫌取りを強要する
マザコンだと嘲笑されているのに　そんなことにも気がついていない
もう　手のつけようがない

玉子

――あ　玉子もうない
ねえ　玉子屋さんに電話してあるう？
――いや　今日は要らねえだろう
――今日はいいけど　ま　明日も日曜日だし……
でも　月曜日は要るでしょう？
――なにい　月曜日そんなに使うのかよう！
いったい　いくつありゃあ気が済むんだ
――なくなってからじゃ大変だから　早めに……
――お前は　絶対　自分の意見を　曲げねえなあ！
（来た、いつもの雷）
――もういいよ　お前の好きなようにすれば！
（あーあ、これでまた玉子切れで慌てる）

注文を一日早めるかどうかだけの話である　怒る必要などない
夫は短気のくせに注文だけは遅く
そのくせ　その日の朝電話したばかりなのに
待ちきれずに　督促の電話を矢継ぎ早に繰り返してじりじりとする
それが嫌で　私はついつい早めに連絡を入れようとする
だいいち当日にそのありさまでは　仕事にならないではないか
しかし　こんな風にこじれるともう注文はできない
いつもなら黙りこむところなのだが　幸い今日はパートがいないので思い切って言ってやる
——意見を曲げるって？　私は自分の意見を言っているのよ
——そんなに怒るなよ　玉子ぐらいで
（あれ？　いつもと違う　どうしたんだろう）
——血圧が上がって早死にするよ　俺は怒らねえことにしてるんだ
　だって早死にするの馬鹿らしいだろう
（？？？　何があったの？）
血圧・中性脂肪・血糖値・尿酸値・体重・頭髪……自分・自分・自分……

どっちがどうだか
玉子ぐらいで

つらい

――この頃明石さんから注文ないね　このままだとつらいから　他の所探さないとね
何気なく言ってしまってから　夫の顔つきが変わったのに気が付いた
――何がつらいもんか　五百円の弁当二つくらいで
もう手遅れ　夫の小言はエスカレートする一方
――お前みたいなマイナス思考の人間とは　一緒に仕事していられないよ
　こっちが何も考えられなくなって　つらいよ
よく言えたものだ
その上　怒りに没頭して彼は本気で仕事が手につかなくなってしまった
明石さんが核心ではない
だから
私は何も言わず　思わず
言われるままに働いて　さっさと帰宅すれば良いのだ

すべてが夫の思い通りなら　彼はすこぶる上機嫌
経済が成り立っていないと言うのに　何がご機嫌なのさ
まてよ
苦しいと言えば叱られ
黙っていれば立ち行かなくなり
結局　なぜ相談しないと責められる
一言の言葉にさえ異常に興奮する人間に
どうやって相談を？

彼は店でさんざん毒づいて
帰宅してからは家人に言いふらす
――お母さんはマイナス思考で困ったよ
布団に入ってからも
――千円弁当やめて五百円のを売るしかないだろう
　仕方ない

せっかく人も増やしたのに
今までの努力は無駄になるけど……
（彼が何を努力したって？　考えるのは何時だって私
その中からいくつかOKを出すだけで　何もやろうとしていないじゃないか）
布団の中で悪態の限りを私にぶつけて
小気味よさそうにほくそ笑んでいる夫
まさか　深夜に喧嘩もしていられない
不毛の上塗りというものだ

しかし
これほど徹底的に妻を孤立させて
自分の憂さ晴らしに精を出すなんて　異常だ

（黙っていても傷つくのよ
それほど苛めたければ　勝手にすれば……
つらいのよ　つらいの　私はつらいの

それを言ったら「俺がつらくなる」から
私は言えないの
そんなのおかしいじゃない)

きれいごと

――おかしい　おかしい　四千円も入っている
姑は孫の部屋へ上がって財布や鞄　部屋の中までひっかきまわしていた
――のり子さん　子供の財布を見ているかい？
――いいえ
――なぜ見ないんだい　親なのに
――そんな必要ありません　親にもそんなことされませんでした
――おかしい　おかしい　あの子は絶対何かやっている
それでなきゃ金を持ってるはずがない
絶対おかしい　親のくせに　財布も見ないなんておかしい
姑は夫に言いつけ　夫は逆上して妻を責める
その上　彼は翌朝　出勤してからわざわざ従業員にまで言いふらす

良い面の皮だ
一人の従業員が答える
――それは　きれいごとではね　でも
――な　そうだろう　なのに
すぐ傍にいる妻を差し置いて　二人でひそひそ話を始める

それからというもの
いつでも　どこでも　仕事の段取りの話でさえ
――それはきれいごとだよ
夫は声高にせせら笑って　とりつくしまがなくなった

「俺の鞄みやがって」　とつぶやく息子

「ごめんね　止められなくて」　と言えずに　口ごもる母親

周囲を巻き込んで　きれいだ　汚いだと

目が覚めてから眠るまで騒動を起こすだけで
子供とは対峙をせず　冷ややかに妻を嘲るだけの男

何もかもすっきりと解決させることができるのなら
きれいだ　汚いだと騒いでばかりいないで
何でもいい　本当に必要なことを子供のためにやってほしい
早く

新しき年

大吉と吉と続いたおみくじに　また騙されて励む一年

天の意思　辛抱足らぬ商いに　甘き夢みし我しかられる

平らかな朝の布団に耳は鳴る

夢持てば　手探りの霧　払い行く

夕寒や　飛び魚の腹の定期便　きらり光りて渡る冬空

何もかもお前が悪いと言われては　生きてはゆけぬ一日たりとも

まるで詐欺　四十三年起き伏して　生きる過酷の正体ぞ知る

旗なびく　営業中とひたすらに

吹かれてる　睦月《むつき》半ばの大風《おおかぜ》に

投げ煙草　舞い散る火の粉　去る車

一月八日

愛する子供たちが集い
つぎはぎだらけの馳走を食い
ぎくしゃくときしみながらも調和に心配り
ようやく正月が過ぎる
そして　今日　一月八日
進退窮まった空財布をかかえて街を歩く私

ドスン
にぶい地響き
見知らぬ部屋の窓から　面した道路に　女が落ちる
人々が騒ぐ
思考を中断し

戦いを放棄し
落下して　ただの肉の塊になってしまった　女
恐怖と混乱が泡立ち　不安の波が競りあがる
ここにも　ものいわぬ不幸があったのか……

夕方　運転中のカーラジオで
軽くて明るいパーソナリティが「明日に架ける橋」の訳を読みあげている

荒ぶる波に
身を投げ出して
橋になってくれるという
さあ、渡れと……

聞くともなく運転していると　頬がとめどない涙の滝に変わっていた

なぜ　いつも　一人ぼっちで　こんなにつらいの

なぜ　いつまでも　耐えなければならないの
自ら孤独を求めているわけでもないのに
私はなぜこんなに　震えるほど孤独なの

私は助けを求めて心で悲鳴をあげながらも
声には出さない
背負いきれない荷物をたった一人で背負い込んで
一歩あと一歩と　よたよたと足を前に出す
事態は悪くなる一方なのに
踏ん張りきれない足でやせ我慢を続ける
何のため？
誰のために？
何よりも後悔しないために……
いいえ　後悔している　ぽろぽろ泣いている
弱虫
いくじなし

素直な心は号泣している
いつもいつでも
助けを待っていますと白状して……

今日　一月八日
悲しい女が　この世を去った
私は違う　悲しい女では終わらない
この手で　生きた証を残すぞと
つっぱり　うそぶき　主張する
一月八日

ある日

朝
気楽な旅の夢で目が覚める
珍しくゆっくりと寝た気がする

子供がパソコン買うから三万要るという
約束の一万五千しか出さないよと言うと　絶望的な顔をする
絶望したいのはこっちの方だ

出がけの夫が　子供にマフラーの結び方の指導をしていて
私がそれをいいかげんな返事でやり過ごしたと
たっぷり嫌味を残して　店へ出勤していった

子供を駅に送る車中で
給料だけでは月に三、四万足りないと言われる
もっと金喰い虫の子はただいま不在中

駅から店へ着くなり「遅い」と夫
——勝手で困る
指示に従え
いちいち指示を待ってから行動しろ……
文句は止まらなくなり
歯車は永遠に嚙み合わない

午後
土曜日なので　一時になるや逃げるように帰ろうとしている夫
そこへ配達の注文が入り　いやいや電話応対をしている
電話をまわされた私が客の注文を受けると
「今度から俺は早く帰るよ」と　いつもの捨て台詞

そして注文も後片付けもすっかり残したまま　さっさとどこかへ消えてしまう
やれやれと　私は仕事にかかる
どっちみちやる気もないくせに
そっくり仕事だけを残して去る者が
残って仕事をやってくれる者に対して
鞭打ち　唾を吐きかけてから引き上げるとは
一体　誰のため　何のためにお店をやっているのやら……

あーあ　楽しく　愉快にやりたいなあ
どいつもこいつも　我がままの　わからずの　我利我利亡者だ

生きる

何につき動かされて生きてきたの？
おいしい食べ物？
放課後の自由な時間？
まだ来ぬあしたの不思議？

どこか遠くに　ぼんやりと　暖かい灯りのような安堵の火が燃えていて
前へ前へとつき動かしてくれていた　あの頃
優しさと　苦しさ
楽しさと　惨めさ
悔しさと　慰めと……
味わいつくせなかった　子供の日々
豊かすぎて　何もなく

想像の翼だけを羽ばたかせ
恐れを知らない自由な心は
素直に真っすぐ　天までも目指していた

いま
何につき動かされて生きているのだろう
誰のために生きているのだろう
無益な言葉のやりとりは尊厳さえも犯し
奴隷に成り下がれと要求する
そして次の瞬間には　俺の女神になれと……
この泥舟が沈まぬようにせっせと励めと尻たたかれて
人生なんてこんなものよと泥で顔を塗りつぶされて
阿呆の聞いた風な歌を聞かされ続けている

楽しんでいるのか　苦しんでいるのか
妻も子も母も己も

共にこの泥舟人生を謳歌せよと　声高らかに叫んでる
癇癪起こしながら唄ってる　吠えている
……だけの男の歌を……

わたしゃ　阿呆にゃなりきれなくて
せめて　依怙地になるばかりだわ

ギャンブル

――米代　明日払えるのかよ
――あと二万だから多分……
――じゃ　俺が二万やるよ
――どうしたの　この二万
――今日儲けたんだ　オープンで
――へえ……
――本当は三万振り込まなきゃいけないんだけど
後で俺にくれればいいよ
――三万……
――言ってんだろう　毎回
俺はギャンブルで負けたことねえって
ない金でやってるんだから

勝った時は全額お前にやるんだから
払い込みの時はぐずぐず言わずにくれりゃいいんだよ
いったい　どうしたらそういう計算になるのか
夫は得意の絶頂である

傘

不本意ながら
とても不本意ながら
またしても　知人に借金をしなければならなくなった
——他に借りる人　いなかったのかよ?
何もしてくれぬ夫が　文句だけは言う
とにかく　笑いたいほど金がない
不人情の　不誠実のと恨めしく思う子供は
親がなんとかしてくれると信じこんでいる

朝からの雨だったのに　傘も持たずに電車に乗っていた
満員だった電車は途中から空きだして
気がつけば　隣の席に傘の忘れ物があった

ずっと暗い物思いに沈みこんでいたのだが
それを見た瞬間　ある思いがひらめいた
これを忘れた人は　今頃さぞ困っているだろう
でも　お前も今　傘がなくて困っているじゃないか
いつもなら　見向きもしない傘
天の声が教える
私にとっては恵みの傘
地獄に仏　捨てる神あれば拾う神あり
そうか
私は私の負けを認めよう
私は敗者　私は無力
ありがとう
ありがとうみなさん
ご恩は一生忘れません
とりあえず　何もかもお借りして
すぐにお返しいたします

本当に　感謝いたします

無事に用を済ませて　帰りの電車の座席に傘を戻してから降りた
出かける前の挫折感と敗北感は　いつのまにか消え去り
感謝だけが　あたたかく残っている
さあ　明日から　また出発だ

泣き虫

泣き虫と毛虫はいつでもどこへでもくっついてくる
横柄に振る舞っていても　恐縮して見る影なき時でも
もう　どうにでもなってしまえと投げやりになっている時でさえ
決して振り落ちずにしがみついていて
隙だらけの心に　じわじわ　ひたひた浸みて
すべてを涙色に変えてしまう

凪いで心地よい慰めの日に
弱虫と泣き虫を挟んで捨てたいな
——今だ　捨てろと
誰か言ってくれないかな

孤立

だれかれに借金しまくって
もう　すっかり　一人ぼっち
気まずくて……
早く返せばいいものを
いつまでたっても返せなくて……
孤立
借りる時ばかり必死で
返そうとしない
嫌なやつだ
図々しい
ぬけぬけ　ぬくぬく
家族丸ごとダメ人間

ダメ家族が　今夜も声高らかに笑っている
夫も姑も子供も私も
……ダメなやつらだ
……まるでなっていない

怪我

あっという間だった
体が宙に浮き　次の瞬間バタンと目の前が真っ暗に……
ほどなく激痛が脳天を突く
とっさについた両手は細かい石ころで穴が開き
右手小指の痛みは尋常でない
右膝も右肘も……
六時までに銀行に行かねばならない
血の滴る指をティッシュでくるみ　足をひきずりながらまた銀行へ向かう
――大丈夫ですか
立ち止まって息を呑んでいた人の幾人かが声をかける
――大丈夫です
大丈夫なはずがない

私が立ち上がって歩き出したので
心配そうに覗きこんでくれていた人たちも去って行った

決死の覚悟で向かった銀行に　当てにしていた入金はなかった
もはや痛みは耐えがたく
小刻みに休みながら
腫れる一方の不気味な手足に　溜息をふりかけふりかけ
のろのろと足を引きずるだけの帰り道
後悔していた　無理して銀行まで行ったことを
転んだ瞬間　救急車を呼んでほしいと思ったのに……
大変な時間をかけて無人の店に辿りつくと
しばし放心してしまう

とにかく　夫に来てもらわなくては……
やっとの思いでかけた電話に　夫は留守だと姑が言う
——転んで怪我をしたから

とにかく注文しておいた明日の野菜を取りにいってもらいたいし　こちらにも来てもらわなくては
　と伝言する
きっとパチンコに行っているのだろう

しかし　頼みの綱からの電話は入らず
気を取り直してのろのろと手足を洗い
べっとりと血糊《ちのり》が貼りついたズボンを脱ぎ
薬箱から薬を出して塗る
それらの動作のたびに　気絶しそうな激痛が走る
そこまでやりながらも待っていたのだが　それでもまだ連絡は入らず
もはや自分で病院へ行くより他ない
鍵を閉めていると　ようやく夫から電話が入る
「怪我をしたけど自分で病院へ行くから　明日の買い物を頼む」と伝える
悲鳴をあげながら運転して行った先の病院で断られ　自宅へ戻る
本当の地獄はそこから始まった

――なぜ電話をよこさない
　怪我をしたと言わない
　俺を呼ばずに　買い物を頼んだ
　なんで転んだ
いちいちちゃんと返事をしているのだが
興奮して　まるでとりあってくれない
夫の怒りは頂点に達しているが
私は一刻も早く病院へ行かなければならない

最初から夫を頼ろうとしたのが間違いだった
顔を見るまでは　急いで病院へ連れていってくれるものと疑わなかった
ところが彼は最後までお膳の前に座ったまま　赤い顔で怒鳴りっ放し
せめて　大丈夫かと心配してくれると思っていたのに
とうとう　こんな人にまで成り下がってしまって……
なんてことだろう
情けなくて　涙も出ない

やっぱり自分で行くしかない
――ついて行かなくていいのか！
お膳に座ったままで隣の部屋から怒鳴っている
夫の隣についている姑が　タクシーを呼べと　これも怒鳴っている
それより　何より　早く医者へと
逃げるように一人で車に乗り込むと
夫が助手席に滑り込む
――俺　酒飲んでるから運転はできないけど………
姑にうるさく言われて　やっと重い腰を上げたのだ
私だって運転できるかどうかなんてわからない

夜の道をよたよたとゆっくり走ってかろうじて辿り着く

医者も驚くほどの重症だった
酔っ払い夫は　黙って目と口をあんぐりと見開いていた

転んだのは私のミス
馬鹿みたいに徒歩でスピードを出したから
でも　それは夫が自転車を戻しておいてくれなかったため
私はパートの給料日に入金を間に合わせたかったのだ
夫に買い物を優先して頼んだのも　翌日の仕込みを間に合わせるため
私の一つ一つの判断と行動を　彼は絶対に認めようとはしない

失敗をする時はいつも同じ
自分らしくないことをした時
私は
私のスピードで
私のスタイルで
地に足を着けて
一歩一歩しっかりと　自分で歩かなければならない
愛情なんて消耗品を　漠然と当てにしてはいけない
頼りにしろと言う人ほど　頼ってはいけない人かもしれない

こんなにがっかりするということは
まだ彼に望みを持っていたということ
当てにして失望をしたのは
当てにしたのが間違いだったから
転んで　ようやく　はっきりしたこと

でも　相手があの男でなかったら
人を信じようとすることは間違っていないと思う

まあ　失敗をした時には　素直に失敗だったと思えばいいさ
転んだのは　私なのだから
ただ　怪我をしただけと思ってね

話し合い

「夫婦の話し合いが足りないんじゃないの？」
まるで関係ない赤の他人までが姑と同じ台詞を言う
「何でもよく話し合いなさい」
もっともらしく姑に言われ続けてきたけれど
相手は感情的で　独善的で　短気で
互いの主張は喧嘩にしかならず
結局は　坊やの気持ちだけが手に取るように判っている　マザコンママの
思いやり深い解説をくどくどと押し付けられるだけで……

そんな一方通行ばかりを繰り返してきたから
まともな話し合いなどは成立不能で
それを努力して乗り越えようともせずに

わざわざ他人にまで言いふらして歩き
長い年月いろいろなことが起きて
そのたびに揉めて……

うんざりするほど相手の出方は判っているが
それでも切に本物の話し合いを求め続けてきた心に
「話し合いが足りないんだね」
「俺とのり子は話し合いができねえんだよ」
とは
よくもまあ言ってくれたものだ

金

夕方になると　夫は〝疲れた疲れた〟と言って　さっさと帰ってしまう
それから夜遅くまでパチンコだ
二日続けて儲けたらしく　今日はとってもご機嫌
――金は要るか？　なんだ要らねえのか
家族相手に財布の口を開ける
得意の絶頂で　さんざん見せびらかしてから「頂戴」と言わせる
一人ずつに金をくれてやり　最後に財布を逆さにする
――全部なくなっちゃった　ほら
愉快そうな高笑い
――俺はギャンブルで損したことはない　勝ったら必ずくれてやる
なのに　のり子は飲み代をくれなかった　あの時はつらかったなあ
聞こえよがしに言う

しかし　次の日は儲からなかった
いきなり
――金なんかもうねえよう
誰も金をくれとは言っていない
――みんな　金がもらえねえと相手もしてくれねえ　俺も馬鹿だよなあ
少しくらい取っておけばいいのに　みんな人にやってしまって……
わざと悪態をついているので　お愛想笑いをしておく
――この間は　のり子が要らないって言ったんで　次の回に全部つぎ込んで負けちゃったし
恨み言に変わってゆく

パチンコや競馬で儲けた金を欲しいと思ったことはない
相手が欲しがってほしいと知っているから　欲しがるふりをする　嬉しそうに
彼はそうか　嬉しいかと大満足をする
ギャンブルなんて止めてほしい
ない金持っていかれたくない

儲ける夢をみて出かける姿は惨め
金は真剣な商売で儲けてほしい
でも　彼は楽しむために働いている
仕方がないのでふりをする
喜ぶふりしか許されず
悲しいふりでもしようものなら
小言の無間地獄が待っている
何が悲しいって
こういうくだらないやりとりほど悲しいことはない

小言《こごと》

もうだめかな？
言っている夫にとっては　何気ない言葉のひとつひとつが
言われている私を　鞭のように打つ
彼は寝言でも言うように　うっとりと小言を繰り返す
何もそこまでと思うのだが
癪に障ったが最後　ねちねちと仕返しをせずにはおかない
反論されずにいると　勝ち誇った笑顔で優越感に浸っている
小言の中身はというと
そっくりそのまま　彼本人に当てはまるというありさまなのだが……
そんなことはお構いなしに　念仏のように　笑みを浮べながら
職場でも家庭でも　他人がいようと家族がいようと
所構わず妻にダメージを与えるのが　自分に与えられた特権である

と言わんばかりに嫌味を言う
さながら
腐った魚が頭に王冠を戴いている風情
王様は得意の絶頂だが
知らないうちに家来にされているこちらは
ぺたぺたとペンキで塗りこめられていくようで
酸欠だ

鼠《ねずみ》

夢をみた
夫と子供が居間でくつろいでいた
私も一緒に何気ない会話に加わっていた
ソファーのアームの先　幼い子供の手元に丸まった新聞紙を見つける
手に取り　広げると　戦慄が走る
鼠の死骸
とっさに払うように落とす
びちゃ
腐った汁がカーペットに浸みこむ
ああ……
絶望的な悲鳴と共に目が覚めた

干からびて

干からびた愛情
干からびた家族
干からびた体
鈍くて動かぬ心
錆付いた瞬間《いま》
あんぐりと口をあけて砂漠化の闇が待ち構えている
それを知ってか　知らでか
彼は見えないふりをして　思わせぶりのポーズばかり
しかたなく
皆は飲み込まれる瞬間をやり過ごそうとしている

夫　II

この頃では　日に数度
夫と別れる覚悟をする
子供を捨てる決心をする
すると　心はようやく収まり
また　明日のやりくりを考えられるようになる

夫　Ⅲ

私　嫌なの　この馬鹿馬鹿しさが
その日その日の夫の感情におどおどして
虫けらのように生きるのが
金が足りなくて困っているのに
陽気な馬鹿笑い
明日さえわからない事態で
のんびり居眠り
ただ一言で心乱れ　大騒動を引き起こすくせに
直前まで蜜をたっぷり吸い続けようとする根性
欲が深すぎゃしませんか
それとも欲なしか……

しがみついたのは二度

しがみついたのは二度
付き合い始めの二十歳の頃
突然部屋を訪れてひどく腹をたてていて
そのまますぐに出て行こうとしたのだが
訳のわからぬまま　とっさに足にしがみついた
なんだかとっても悲しくて

それからの日々　同じことの繰り返し
そのたびにあの日を後悔

生まれた子供は学校をやめたいと言い
店の経営は火の車

反抗する子供に激昂して　襲いかかろうと挑発を繰り返す夫の
その太ももを押さえつけるようにして押し留めていた
もう　何もかも捨ててしまえと　覚悟を決めていた時だったのに
渾身の力で二人を押し留めていた

あの時　二人は　殴りあいなど望んではいなかった
それを心から恐れていた

私は　捨てようと思った者たちを
また　自ら　拾ってしまった

嘘ばかり

夫がとうに寝てしまってから子供は帰宅した
――今日　どうだった？
――何？
――健康診断
――ああ……血圧は上が１３０で下が一回目70　二回目58
　低いでしょう
微妙に話題をずらしている
――いや　大丈夫それくらい
――そうかなあ……
食事をして二階に上がってしまった
私も寝室に入ると　うっかり夫に触れてしまう
――痛い　何だよ

――あらごめんなさい
――ヒロなんだって？
――なんだってて？
――何か言ってなかった？
――別に……
――血圧　言ってただろう
――ああ　そういうこと
――お前　嘘ばっか言って
――え？　ああ、上が１３０で……
――お前　嘘ばっか言うなよ

心がどんどんさめてゆく

本当

本当のこと？
それは取るにも足らないこと
価値を認めないわけじゃないけど
お粗末すぎて目をそむけたいくらい
あんまり堂々とやられるもんだから
もう　うんざり
正々堂々と
威張られてさ

椅子

〝夢みるな　みるな　みるなと黒い雲〟
二十年以上自営業をやってきて
一荷ずつ降ろして楽になってゆくつもりが
荷は増える一方
楽天的ワンマンの夫は　そんなことには見向きもしないし
同じ性格の姑も然り
妻は息もできぬほど疲れていた

はた目には忙しそうな商売も
実態は借金でやりくりする青息吐息
世間のバブルは終わり
完全週休二日制

不況

新しい税金・年金・保険の制度……
めまぐるしく変遷する時代の流れ

派手な消費家の二人には　地味にやりくりをしようとする嫁が　疎ましくてならない
「お前といると夢がみられない」
気楽な夫の本音が妻の息の根を止める
夢をみるのが嫌な人がどこにいよう
明るい未来に向かって生きてゆこうとしない人が

元々　妻が一人で気楽にやる予定の店だった
勝手に夫が乗り込み　牛耳り
次に姑がねじりこんできた
妻の出産　育児の期間に店の雰囲気がすっかり変わってしまった
夫は母親と気の強い店員に牛耳られながら

癇癪を起こしたり　有頂天になったりを　日に何度も繰り返す
その店員に気を使えと　姑は嫁にも強要をする
家にも店にも　嫁の座る椅子がない

〝濃く薄く　まだら模様の雲はさて　千切れゆくやら　集まるのやら〟

確かなこと　それは
嫁が求めなければ　嫁の椅子は永久に用意されない　ということだった

さようなら

さようなら　さようなら
愛しい子供たち
さようなら　さようなら
毎日一緒に働いてくれた人たち
三番目の子供　わたしのお店

いっぱい　いっぱい
泣いたり　笑ったり
この街　この道　木立　駐車場の雑草
あそこで飛び降り自殺があって
その暗示を払いのけるために　身を震わせた日々

この部屋、冷蔵庫、神棚、仏壇、黴だらけの風呂場
中古で入った　いろいろあった家

みなさん　ありがとう
本当にありがとう
神様　ご先祖様　ありがとうございました
こんな風にしてしか出てゆけなくて
いえ
こんな風に出てゆかせていただいて
本当にありがとうございました
ありがとう
ありがとう

子どものまんまで

海が青い
遠くに大きな船が見える

子どものまんまで逝ってしまった
六十四歳だった

誰の言うことも聞き入れず
やりたい放題に生きて
ある朝　布団の中で冷たくなっていた
——あれ？　死んでらあ
　ダメだよダメ　死んでる
実の弟が第一発見者

パトカーがやってきてひと騒動
それも一段落したら葬式騒動
それから　手のつけようもない後始末騒動

大変な苦労を重ねて借金を返し
生計の目途もついたと判断して　私は去ったのだが
（実に私自身は無一文で）
それから彼は自宅を買い替え　店を呑み屋に改造し　株を始めて
しばらくは有頂天だったらしい
それが　あれよあれよという間に借金　負債　税金滞納……
何のことはない　元の木阿弥
とうとう老母を残したまま　一人で逝ってしまった

子どもの心のままで手当たりしだいの好き勝手を通したから
あらゆる煩わしいことから逃げてばかりだったから
この世に逃げ場もなくなったのか

そりゃまあ　手のつけようもないわけよ

青空に薄い雲が　縦　横　斜め　平行　直角と
まるで誰かが　気まぐれに描いたようにクロスしている
潮の色は濃くて　深山を流れる急流のように　沖へ沖へと向かっている
海がこんなに急いでいたなんて
私は今まで知らなかった

レクイエム

そうして　眠りながら逝ってしまった
一人で　こっそり　突然に
あなただって　逝くつもりはなくて
仕事のこと　支払いのこと　競馬のこと　株のこと
頭の中は　生のエネルギーで溢れていた筈
激しく求め　むさぼり　憎み　愛し
堪えられなくなって放棄する
自ら後始末ができないのに
それらを繰り返すのを止められなかった
生きるのは　歓び？
　　苦しみ？
　　　逃亡？

何のための逃亡？
逃亡のための逃亡で　すっかりくたびれ果て
逃げの不毛を嘗めつくしながらも
甘い夢を追いかけ
安堵を求め
刹那のむさぼりをやめようとしない
本能に真っ正直に生きて　燃え尽き
その燃えカスの無残なこと

あなたにも　等しく　永遠の安らぎが訪れますように

転んだら

あ　しまった
紺碧《こんぺき》の空が私に近づいたと思った瞬間
身はざらつく地面にたたきつけられていた
直前までやりたいことでいっぱいだった頭のなかが　粉々に砕け散った
激痛と　生温かい血糊《ちのり》と　敗北感
生まれてからいったい何度転んだことだろう

子どもの頃は家から出るとすぐに転んでいた
砂利道《じゃりみち》の小さな石つぶで手や脚やズボンの膝などに穴をあけた
傷が癒《い》えて　赤チンの跡も見えなくなると　また転ぶ
転ぶ直前はいつも有頂天

中学生になっても転んだ
大好きなバレーボールと聞いて
校庭の飛び石の上をぴょんぴょん跳んで体育館へ
と　突然体が宙に浮き
次の瞬間目の前が真っ暗になった
コンクリートの石にしたたか腰を打ちつけて
周囲の物音がぷっつりと消えた
ほどなくして襲う　音の洪水　腰の激痛
後ろにいた体育の教師が「風に飛ばされた」と騒ぐ

大人になってからも　転ぶのは止まらない
さすがに用心深くなっていて日頃は慎重なのだが
ひょんなときに我を忘れて転ぶ
車のタイヤ止めに躓いて　初めて松葉杖のお世話になった
大人の怪我は長引く

浮かれた気分でなくても転ぶ時がある
給料の支払いを間に合わせたくて徒歩で急いだ時
「なんだ　私ってこんなに走るように歩けるんだ」
と思った途端　足を横向けざまに転倒していた
無理を押して行った銀行に入金はなく
病院に行くにも助けを借りられず
すべての努力は徒労となった

——痛いでしょう！
若い当直医は親切だった
満身創痍《まんしんそうい》で毅然《きぜん》としている私に驚き
いたわり　同情してくれた
うれしかった
隣の夫は一言も発しない
——僕は形成外科だから骨のことはわからないけれど　多分骨折してますね
傷はきれいに治るようにしてあげられますよ　それは専門だから

それまでの胸のつかえが急に溶けて
やっと呼吸が楽になった

次の日
手も脚も使い物にならないのに　店が気にかかり　出勤した
電話は受けられるがメモがとれない
指も骨折していた
耐えて書く文字はひどいもので
――書かなくていいって言ってるのに！
　見ろよこの字！
嘲るように従業員に見せびらかす夫
その後はいつもの長い小言と叱責

夫婦助け合ってここまでやってきたとばかり思っていた
すこしでも役にたてばと何でもこなした
ただ　それだけだった

転んで　うっかり転んで
できもせぬことをできると錯覚して
がむしゃらにむしゃぶりついて
振り払われ
思いもかけぬ場面に遭遇《そうぐう》した

あれからもう何年？
私は地を蹴って家を飛び出し
慣れぬ仕事に心身をすり減らし
また何度も転びそうになった
でも　生き続けていられる
ああ　もう大丈夫
そう思った途端にまた宙を舞う
病院の破《やぶ》れた床に足を取られて　テーブルの角にしたたか顔を打ちつけた時は
　もう　だめかな……
一瞬　弱気になったが

同僚と上司が心配してくれた
火のついたような痛みに反省する
私の弱点　右足の横向き
ようやくそこまで判ってきたのに
つい転ぶ私……

今度は　いつまた転ぶのかな？

……Sに

ねえ　そんなに楽しい？
驚く顔　困ってる顔　恥で上気《じょうき》した早鐘《はやがね》のように脈うつ歪んだ顔を見下すのが？
仕事にかこつけて初心者の心をいたぶり　なぶるのが？
屈辱《くつじょく》を必死で耐える目から　思わずこぼれる涙に舌なめずりをしているあなた
あなたのその醜く歪んだ表情
耳までさけた自慢げな口
蛇のまなざし
はちきれそうな小鼻
全身から憎しみが発散されて　怨霊《おんりょう》のようだよ
あなたが乗り越えることのできなかった　忘れられない屈辱を再現して
今度はあなたがそれで快感を得たいようだね
私たちがもがき　苦しんで抜け出した暗い穴から

あなたは今も脱け出せずに　そうしてうごめいている

私たちはたくさんの穴をもっている
兄弟を苛めたし　友達も
そしてそれ以上に　苛められた
損得づくの勝負の穴もあれば
損得抜きの情愛の穴もあった
私たちは数えきれない穴への出入りを繰り返しながら　今日まで生きてきた
いわば敵《かたき》　いわば同志

勝敗だけが人生で
優越感なしでは生きられないと言うのであれば
やっぱりあなたには　生贄《いけにえ》が必要なんだね
けれどSさん
そうやって暗い湿った穴倉でとぐろを巻いて
チロチロと赤い舌を出しながら　獲物《えもの》を待つ冷たい情念は

苦悶の末にそこからはい出た人たちの人生に
けして勝つことはできないからね

天井

呑気にお茶を入れていた
――さあ、もうすぐお茶ですよお
突然　夫を追いかけて怒り狂う一団が押しかけてきた
私はとっさに天井《てんじょう》に避難していた
追われながら夫は私の名を呼ぶ
下ではよく知った人たちが口々に夫の名を叫んでいる
――あらあら○○さんも△△さんも……
　せっかくおいしいお茶が入ったというのに
そんなことしていないで早く飲んでちょうだいな
隠れて眺めていた天井から思わず手を差し出すと
次の瞬間には引きずり降ろされて
夫が私を袋に入れてしまう……　と

手に手に棒をもった人たちが袋の上から打ちつけてくる
罵声の嵐
――どうして？
　やめて！
わけもわからない
　夫は？
小気味よく笑いながら逃げ去る夫の後ろ姿が見えた
群集の怒りを一身に受けて袋の中でじっと耐えていると
ふっと体が軽くなり　私は再び天井にいた
　はあ　助かった
下では人々が渾身の力で空の袋を叩き続けている
安堵と共に全身が耐えがたく痛み
目が覚めた

あとがき

私はこの世に生を受けてから、人と環境に育まれて今日まで生きてくることができました。振り返れば、若い頃は怖いもの知らず、つまり世間知らずで傲慢だったと思います。何もかも自分の考えばかりでやっていけるし、生きたいように生きてゆけると、自分をかいかぶって。そんな頭でっかちでやわな私が、未熟なままで世間の荒波をなんとか溺れずにやってこられたのは、周囲に恵まれたおかげで、幸いだったとしか言いようがありません。

過ごしてきた長い年月の間に、人として身につけなければならないことがびっしりと詰まっていたのだなと気がつき始めたのは、何とようやくこの頃です。その気づき方でさえ、他の人たちに比べれば遥かに劣っています。

人は生まれてから、幼い頭で、思春期の心で、青年期の情熱、子育て壮年期の充実感で、その時々に吸収し尽くせないほどたくさんの体験をすることによって、初めて人として成長ができるのでしょうか。そんな、その時でなければ体験できない人生の豊かな瞬間を逃すことなく生きられるのは、大変な恵みなんですね。この歳に至ってようやくそんなことが判り始めました。

その中には楽しみだけが詰まっているわけではありません。もし楽しみしかなかったのなら、それは豊かとは言えないでしょう。その人その人の前に現れるその時々のいろいろな課題が、楽しみや喜び、苦しみ、悲しみ、達成感、充実感、共感、挫折感、疎外感、希望、絶望、愛情……ありとあらゆる感情を心の奥底から引き出してくれます。例えば戦争を体験した人たちの人生観などは、体験していない人と深さにおいて歴然とした違いがあることでしょう。

振り返ってスケールの小さい自分の過去を思い起こすと、孤独で悲惨な状態にさえ気がつかずに、一番助けが欲しい時に不条理に苦しんでいたと思います。ひょっとしたら、今、この瞬間にもそういう風に苦しみもがいている同志がいるのかもしれない、そんな思いがこの頃強く胸をよぎるようになって参りました。そういう時期を思い出すのは決して愉快ではありません。平常心を揺さぶりかねないパワーを、思い出は持っています。私の詩を読んで不愉快になられた方もいらっしゃるかもしれません。でも、同志よ、人生は深く長い。絶望したり諦めたりするのには早すぎます。急流を渡りきって振り返ってみれば、それはとても浅くて短い川だったってこともあるかもしれません。いつだって私たちは長い旅の途中にいるのですから。

決して明るいとは言えない、ある時期の私の心の叫びを最後までおつきあいして読んでくださった読者の皆さんに感謝申し上げます。皆さんのすぐ近くにも、叫びたいのに叫び声を上げない、叫ぶエネルギーさえ持たない人はいませんか？　家庭で、学校で、職場で、座る椅子を持たない……。

今回このような私的な詩を出版するに当たってご尽力して下さった関係者の皆様に御礼申し上げます。

著者プロフィール
素味香（すみか）
新潟県に生まれる。
高校卒業後、進学のために上京。卒業後は自営業を経て介護職に就く。

著書 『老いの風景』（2023年、文芸社）

椅子がない

2023年 6 月15日　初版第 1 刷発行

著　者　素味香
発行者　瓜谷 綱延
発行所　株式会社文芸社
〒160-0022　東京都新宿区新宿1－10－1
電話　03-5369-3060（代表）
03-5369-2299（販売）

印刷所　株式会社フクイン

©Sumika 2023 Printed in Japan
乱丁本・落丁本はお手数ですが小社販売部宛にお送りください。

送料小社負担にてお取り替えいたします。

本書の一部、あるいは全部を無断で複写・複製・転載・放映、データ配信することは、法律で認められた場合を除き、著作権の侵害となります。

ISBN978-4-286-24210-1